나는 *I am*
SOLO 에세이

사랑을 보았다

글 · 사진 남규홍

서촌

나는 *SOLO* 에는 가끔 한 줄 카피처럼 쓴 자막들이 등장합니다.

사랑에 대한, 인생에 대한 사색의 결과물이지요.

그것은 순간 스치고 지나간 영감을 잡은 것도 있고

오랜 시간 곱씹고 정리해서 압축한 문장도 많습니다.

그렇게 10초 남짓 펼쳐진 짧은 글에서

사람들은 무엇을 볼까요?

그것은 각자 살아오고 사랑한 만큼 달리 보일 게 분명합니다.

그만큼 다양한 해석과 사색이 가능한 시공간이지 않을까요.

우리는 모두 사랑을 통해 인생이 시작되었고

사랑을 하면서 또 인생을 품어갈 것입니다.

지금도 매 순간 개개인의 사랑은 보석처럼 반짝이고 있습니다.

어쩌다 보니 나는 인간의 사랑 이야기를 매주 변주하고 있습니다.

「나는 SOLO」를 만들면서 사랑을 통해 인생을 보았고

인생을 보면서 사랑을 알아가고 있습니다.

그 결과물로 나온 《사랑을 보았다》가 영상이 아닌 책에서

또 다른 사색의 공간으로 작동하길 희망합니다.

이제 나는 *SOLO* 에서 스쳐 갔던 글을 천천히 음미하면서

자신만의 에세이를 써 보면 어떨까요?

| 차례 |

우리는 누군가의 자식으로 태어나
때가 되면 또 누군가를 만난다

첫 만남의 순간부터
남녀의 마음이 흘러가는 길을 따라
누군가 진짜 부부가 되고 부모가 되고 가족이 된다면
그것은 기적!

나는 *SOLO* 는 그런 사랑의 탄생 과정을
가장 정직하게 보여준다

누군가의 인생을 마음으로 들으면
가슴은 요동친다

그리고 그 마음은 반드시
그 사람 마음을 또 흔들어 놓는다

사랑을 보았다

1기, 2기

누군가는 상상을 하고

누군가는 증명을 한다

일어날 일은 반드시 일어난다
설령 태풍이 **몰아친다** 해도

만물은 무릇 태초가 있고
사랑도 새싹은 뿌려졌을 것이니

때가 되면 드러난다

외로운 섬과 섬은 물 밑으로
손을 잡고 영겁을 버티고 있다

어쩌면 부부란
그런 사이일지도 …

순탄한 인생도
평온한 연애도 드물다

대개는 바람과 함께
폭풍이 친다

눈부신 오늘 하루가 외롭다면

솔로 나라에서 그것은 고문

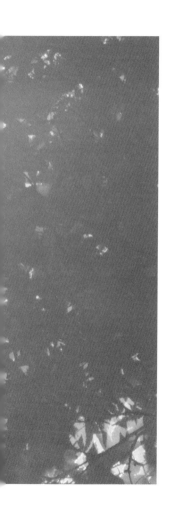

연애할 때 먹는 음식은
맛보다는 정성, 메뉴보다는 분위기

그렇기 때문에 …

음식보다는 사람이 우선이다

만물은
누구와 함께 있는가가 삶을 좌우한다

대자연 속에서 만물은 사사로운 정을
잘도 풀어놓는구나

오늘도 종(種)의 역사는
그렇게 이어지고 계속되나니

자연과 인간은
오늘도 역사를 만든다

침묵 속 오해는 **총을 들게** 하고
진심의 대화는 **꽃을 들게** 하고

지구라는 별에서 **구만리**를 걸어가
만난 사람이 '너'라고 생각해

지금은 내 옆에서
코를 골며 자고 있지만 …

누군가의 인생을 마음으로 들으면
가슴은 요동친다

그리고 그 마음은 반드시
그 사람 마음을 또 흔들어 놓는다

인연이 되려니

그 사람이 자꾸만 **나를 부른다**

격동의 밤
누군가는 좋은 꿈을 꾼다

매 순간

펄떡이는 것이 **삶**이다

사람의 마음이 얄팍하여
신들은 장난을 친다

바람도 불고 비도 내리고 하지만
결국, 기다리면 맑은 날은 온다

영자역과 순자역 사이

종수선은 달린다

종착역이 어디인지는

끝까지 가 봐야 알 수 있지요

슬픔도 고통도 즐기다 보면

슬쩍, 또 하느님은 웃을 일을 던져준다

영자에게 **내일은 해가 또 뜬다**

부드러운 긴장, 그것은
삶이 늘어질 때마다 약

끝까지 긴장하라는 여자의 주문
백년해로하면 끝날까?

누군가의 마음을 얻는다는 것이
천하를 얻는 것과 같을 때 …

솔로 나라에 그렇게
바람에 실려 사랑이 온다

사랑을 보았다

3기

우물쭈물하다 보면

사랑도 인생도 순식간에 가 버린다

안개에 묻힌 풍경이 걷히고
그곳에서 내 사랑이 웃고 있다면
얼마나 좋을까?

마음이 가니
자꾸 너에게서 나를 보려하는구나

관중들 속에서

빤히 바라보는 그 세상 속에

내가 있다

찾아보시게

7년의 사랑도 아니고 고작 7분의 데이트
그러나 7초의 바다 추억도 잘만하면
70년은 질주한다

누군가의 마음을 얻는다는 것이
천하를 얻는 것과 **같을 때** …

솔로 나라에 그렇게
바람에 실려 사랑이 온다

지나간 날은 슬퍼하지 말라
오늘 또 격동의 날이 될지 **누가** 알겠는가?

행운은
아무도 모르게 부유하나니

그것을 잡을 자 누구인가?

운명이 만들어 주는
인연의 탄생

일어날 일은
반드시 일어나고
만날 사람은
반드시 만난다

시간이 가면 술맛은 깊어져 가고
사내의 맥박은 약해져 가리
그러나 두 남녀의 추억은 솔로 나라에 영원하리라

누군가는 인연을 스쳐 지나가고
누군가는 운명을 보지 못하고 산다

사랑도 생명체이기에 가끔 물을 주면서
잘 길러야 한다

오늘 하루 솔로 나라에서
어떤 사랑이 물 달라고 그럴까?

사랑을 보았다

4기

운명의 문은
매일 밤 그대를 두드린다

눈을 뜨면 세상의 만물은
나를 중심으로 움직인다

조용하고 은밀하게
위대하고 단단하게

기적은 이루어진다

푸른 하늘(蒼空)을 보려면

창문을 활짝 열어 두어야 …

다양한 삶의 방식, 결, 격차를

부수는 것이 사랑 아니겠는가?

눈이 내린 세상이 덮는 것은
단, 하루뿐이다

이제 수박을 쪼갰을 뿐

길고 짧은 것은 대봐야 알고

수박 맛은 천천히 …

지금부터는

행동이 **말**을 증명하는 순간

우주는 고요하고 여자는 기다린다

사랑을 …

……

정숙에게도 봄날은 올까 …?

사랑은 인생의 봉변 …
묻어버리면 그만
정작 중요한 것은 삶!!

저절로 피는 꽃은 없다
그들도 땅 싸움을 하고
사랑싸움을 한다

인연은 갑자기 불시에, 예외 없이
만들어 가기도 하는 것

아침마다 오늘 하루의 운명을 알지 못하고
우리는 매일 눈을 뜬다

종종 인간의 실수는
우주가 바로 잡아준다

우물쭈물하다
하루가 가고
사랑도 가고
인생도 간다.
……

움직여라!!

사랑도 생명체이기에 가끔 물을 주면서

잘 길러야 한다

오늘 하루 솔로 나라에서

어떤 사랑이 물 달라고 그럴까?

우연처럼
또다시 만나버린 운명적 만남

살다 보면

'대부분의 좋은 일들은 YES 할 때 온다'

NO 하는 순간 …

기쁨도 행운도 금방 부서져버린 것이

어디 한둘이랴 …

세상만사 모든 일도, 인간관계도
참 변덕스럽다
믿을 것은 우주의 질서

사랑은 저수지
마음이 모이고 고이면
그 사람 마음이 보일지도 몰라

사랑을 보았다

5기

푸른 별 지구에 뿌려진

삶의 풍경들

만물의 존재 이유와

종족 번성의 근원은 **사랑의 힘**

인생은 태초부터
경이로운 일의 **연속이다**

그 사람이 살아온 인생에서

우리는 무엇을 배울 것인가?

사건이 터지면 할 말이 많아진다
하물며 과묵한 사람조차도 …

어서 일어나 세수하고 이를 닦고 밥을 먹고
그리고 부지런히 사랑하라고
솔로 나라의 태양은 명령한다

사랑은 저수지
마음이 모이고 고이면
그 사람 마음이 보일지도 몰라

현실은 완벽하다
그래서 종종 인정할 수밖에 없다

달걀 속 노른자위 같은 사람 마음
기름 두르고 프라이를 해보면 안다

별들의 고향에서는 매일 밤

별들도 사랑을 한다

솔로 나라 국민들의 밤 …
사랑 시계는 잠시도 멈출 수 없다

솔로 나라에서는 온통 사랑이 전부

어쩌다가 사랑에서 실수라도 하면 큰일이다

그러나 반드시 일어나게 되는

사랑의 실수,

겪어보시게

꽃 피는 철이 되면 꽃은 저절로 핀다
그 꽃들만큼만 사랑할 수 있다면 …

언제나 승자가 있는 현실
나부끼는 깃발은 안다

누군가 떠나면 누군가 온다

심판도 경기에 참견하고 싶을 때가 있을까?
응원하고 싶은 마음

겨울밤 콩나물이 물 달라고 한다
배고픈 걸까? 갈증이 난 걸까?

사랑의 장탄식

누가 어디서 터질지는 직접 겪어봐야 …

기대지 마시오

생활을 보면 사람이 보인다

직업을 보면
그 사람을 둘러싼 세상이 보인다

잠깐 **멋**을 내는 것도
황홀할 수 있다

그러나 평생 멋을 가꾸면
어느 순간에서도 멋짐은 폭발한다

잔칫날에는 참 할 말도 많지요
지금이 그렇다 …

마음이 모이면 넘쳐흐르겠지
그러다 툭 터져 누군가 울겠지

사랑도 삶도 연습은 없다
부딪혀 보면서 아는 것

163

흔들리는 저울은 눈금을 읽을 수 없다
기다려 보는 수밖에

나의 현실은 언제나
당신의 영화보다 더 살아있다

텅 빈 종이를
아름다운 결말을 가진 이야기로 채워가는 일

어쩌면 그것은 우리네 인생과 같다

90분이라는 동일한 시간 …

(다른 여자와 있던) 남자의 시간은
총알처럼 지나갔고
(그 남자를 기다리던) 여자의 시간은
달팽이처럼 느리게 갔다

위험한 만남 조심스러운 만남 우연한 만남

오늘의 만남 …

세상에 영원한 것은 **없다**
청춘도 권력도 사랑도 …

오직 그 흔적만 있을 뿐

천둥 번개가 요란한 밤은 순간이고
별빛 반짝이는 밤은 언제나 내 곁에 있다

세상의 모든 남자는
내 여자를 찾아가는 여정 속에
늘 엄마가 있다

세차게 때린 운명 앞에
폼은 잃지 마시게
인생도 사랑도 지나고 나면
오직 장탄식만 가득하리니

설렘과 긴장은

나이를 묻지 않는다

솔로 나라의 사랑 앞에

지금 우리는 모두 청춘!

사랑을 보았다

7기

고달프고 고약하고 징글맞은 인생 앞에
어느 여배우가 던진 말

"아름다운 밤이에요 ···."

설렘과 긴장은
나이를 묻지 않는다
솔로 나라의 사랑 앞에
지금 우리는 모두 청춘!

저절로 피는 꽃은 없다
그것은 우주의 정성을 모아야 이루어진다

누구나 봄날은 왔다 간다
봄바람과 봄비와 봄밤이 온몸을 떨게 하던
그 봄날이 왔다

지난날 어떻게 살았는가가
지금의 나를 만든다

첫인상 남자와의 첫 데이트

기념비적인 서사의 시작은 늘 소박하다

한 사람의 인생 안에
사랑이 꽃피는 계절

알고 보면 청춘은 참 길다

조금 더디게 찾아온
인연일지라도

사랑을 피운 자가
영원한 청춘을 누리나니 …

꽃이 피지 말라 해서 안 필까

늦게 핀 꽃향기가 더 멀리 퍼진다

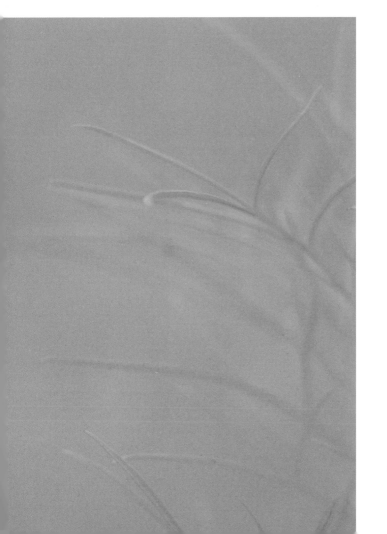

불을 지필 때는 조심조심
그러나 불이 붙으면 어쩔 수 없지요

엄마 아빠가 만나 사랑을 하고
나를 낳은 건 기적
기적이라서 **또 하려니 잘 안되는지도 몰라**

대부분의 엄마 아빠는 …

어쩌다 보니 함께 살고 있는 것이 부지기수!

한눈에 반한 그 사람들도 지지고 볶고 산다

아마도 솔로 나라 공기 중에는
연애 세포를 옮기는
꿀벌들이 사는지도 몰라

남자의 맹세나 약속을 믿지 말라
믿을 것은 행동!

여자의 눈물이나 입맞춤을 믿지 말라
믿을 것은 행동!!

사랑을 보았다

8기

남녀의 만남은 우주의 힘으로
바닷물이 줄다리기하는 것

사랑에 빠지기를 기다리는
사람들이여 오라

자꾸만 보고 싶어지면 보면 그만
내 마음을 감추느라 뭘 그리 애쓰시나?

꽃길만 걷는 인생이 무슨 재미인가요?

이리저리 헤매봐야 지름길도 찾지요

오늘도 운명을 두드리고 당당하게 가라

사랑도 인생도 네 편에 있을 것이야

만물은 사라져간다 조금씩 조금씩

다만 잊지 말라고 생채기를 남길 뿐

"매달 뜨는 둥근 달에
왜 당신은 감탄하지 않는 거요?"

"먹고 사느라 바빠서요"

시시각각 사랑은 내 곁을 지나간다
공기, 물, 바람처럼 …

불안도 사랑의 일부
그러니 꽃봉오리 터질 때까지
기다려 볼 수밖에

남자의 맹세나 약속을 믿지 말라
믿을 것은 **행동!**

여자의 눈물이나 입맞춤을 믿지 말라
믿을 것은 **행동!!**

사랑 앞에서 총질하다 쓰러진
불쌍한 남자들 한 무더기
결국, 구원자는 마지막 그녀

사랑 모르고 가는 삶
종착역에서 이별을 고하고 나니
인생도 훅 가버렸네!

사랑은 **위대**하다고?
아니야, 지독히 이기적이고 속 좁아
오직 한 사람만 들어갈 수 있어

사랑의 구덩이에 함께 빠져보면 알지
엎치락뒤치락 요동치는 마음

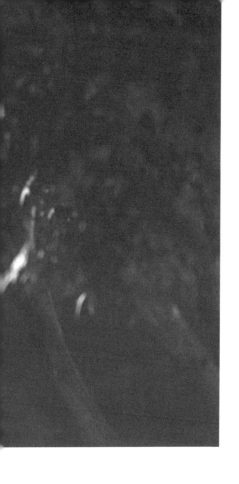

사랑의 수액이 말라가요

마지막 밤

시간은 빠르게 녹아가네요

솔로 나라에 **내비게이션**은 없다
마음의 지도를 믿고 가는 수밖에

세상의 사랑은 닮아있다
차이는 사소한 디테일에서 생긴다

사랑의 이름으로
힘껏 달렸다
지쳐서 쓰러질 때까지

때가 되었다
벌을 부르는 꽃의 시간

꽃은 벌을 가리지 않지만
벌은 꽃을 꼼꼼하게 따진다

사랑을 보았다

9기

이런, 이런 사랑에 빠졌어
이제 내가 시도 때도 없이 웃어도
이해해 줘

남녀 사이 아무렇게 펼쳐 놓아도
아무도 모르게
사랑은 무럭무럭 잘 자라고 있지요

첫날 밤 솔로 나라의 깃발은
바람이 아닌 호기심에 나부낀다

때가 되었다
벌을 부르는 꽃의 시간

꽃은 벌을 가리지 않지만
벌은 꽃을 꼼꼼하게 따진다

한 꺼풀 껍데기를
벗겨내 볼 시간

살아온 길을 알면
그 사람이 보인다

자기소개는
사람 안에 공들여 만들어 놓은 집

집 안에 누가 사는가에 따라
그 집도 달라 보인다

조금씩 조금씩 더 가까이 다가가는
내 마음
이렇게 사랑은 또 시작되는 건가요?

근심의 무게도 잴 수 없고
사랑의 크기도 헤아릴 수 없다
다만, 조용히 품어줄 수밖에

수많은 사람이 드나드는 문(門)

왜 사랑의 문은 한 명만 허락하는 걸까?

삶이 심심하다고?
사고는 늘 불시에 발생한다
잘 가던 사랑도 인생도 펑크는 다반사

누구나 켜켜이 가면을 쓰고 살아간다
그렇게 오래 살다 보니
가면이 내 얼굴이 되어있다

태풍 온 날
바닷가로 산책하러 간 연인
그것이 사랑의 길일지도 …

공들여 사랑의 씨앗을 틔웠더니
외로움 질투 그리움 의심만 가득하구나
기다려 보아라

내가 쫓아가면 도망가고
피하면 달려들고
그런 커플이 있다
물고기처럼 …

다시는 그 사람을 볼 수 없다는 생각에
눈물이 펑펑 나
지금은 **이해할 수 없던** 인생의 한 조각들

만물은 오늘 초인의 마음으로
또 인간을 시험하나니

오늘 하루 누군가는 노동을 하고
누군가는 사랑을 한다

두드리고 긁고 타고 밀고
누르고 조이고 당기고 풀고 …
그렇게 인생도 사랑도 간다

오해와 의심과 불신과 맹신 사이
사랑을 이해하려면 우주의 언어가 필요하다

완벽함을 거부하는 것이
인간의 본능이라면

결점을 채워주고 싶은 건
사랑의 본능이겠지

사랑을 보았다

10기

느낌이 좋으면 멈출 수가 없다

사고(思考)가 멈추고 사고(事故)가 발생한다

어떤 남자(여자)는 자부심으로 사랑을 얻고
자존심으로 사랑을 잃는다

인생에 내린 소낙비
결국 지나간다

모든 일은

아주 사소한 것에서 비롯된다

터지고 나면 반드시 원인이 있다

완벽함을 거부하는 것이
인간의 본능이라면

결점을 채워주고 싶은 건
사랑의 본능이겠지

사람은 그대로인데 마음을 닫고 보면

못 보는 것이 많을 수밖에 …

회오리바람이 거둬 간 것은
겨우 모자 하나
지나고 나면 아무것도 아닌 일들

내 주변에서 같은 문제로 고민하는
수많은 사람 때문에
난 아무렇지 않은 척 그냥 살아갈 뿐

사랑의 물줄기는
둑으로 쌓고 막고 가두어도
결국 터져서 그 사람에게 간다

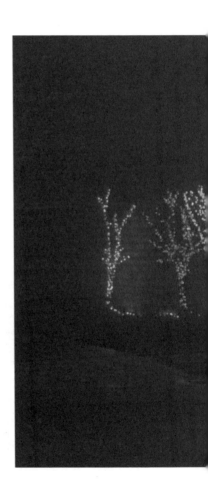

회오리바람의 끝자락에
운명과 마음의 골짜기는 깊게 파였구나!

최선을 다했다면
그 삶은 아름답다

돌아보면 순수했던

똥개의 사랑, 바보들의 연애

다시 돌아올 수는 없다

사랑을 보았다

11기

사랑은 농도 차이
인생은 밀도 차이
깊게 멀리 가보면 드러난다

사랑에 풍덩 빠지고 나면
언젠가 반드시 떠오른다

살다 보면
길섶 곳곳마다 행운이 숨어있는 것을 …
앞만 보고 달리는구나!

돌아보면 순수했던
똥개의 사랑, 바보들의 연애
다시 돌아올 수는 없다

사랑에 빠지면 실 펑크 난 줄도 모르고
냅다 질주한다
땜질이 필요하다

옥은 흙에 묻혀도 옥이다
옥순도 그러하다

치난날 우리가

조금만 더 용감하고 솔직하고 현명했다면

운명은 달라졌을지도 …

사람의 마음을 움직였다면
그것은 세상을 움직인 것

'마음이 이끌리는 곳'에서

사랑의 역사는 시작된다

사랑을 보았다

12기

사랑은 인생의 거대한 도약
바로, 이 순간

살다 보면 우리는

돌아가 보고 싶은 순간이 있다

엄마, 엄마,
베토벤은 귀가 안 들리는데 음악가래요
그렇구나! 너도 사랑 없이 살잖니?

'마음이 이끌리는 곳'에서

사랑의 역사는 시작된다

처음처럼 …
사랑이 갈 수만 있다면!!

내 사람 내 사랑을 찾는 일

이런 이런, 매번 헛다리를 짚는구나
여전히 갈 길이 멀다

사랑을 보았다

13기

과거를 모르는 두 남녀가

피를 보며 시작된 사랑

참 할 말이 많겠구나!

사람과 사람 사이에 이끌리는 힘
그것이 사랑으로 가려면
늘 경쟁자도, 조력자도 필요하지요

이제 너를 다 알겠다고?
큰소리치고 보니 또 바람이 빠지는구나!

몸이 무너지니 마음이 무너지는구나!
마음이 무너지니 몸이 무너지는구나!

살다 보면 말이야
끝날 때 보면 결국 쌀과 뉘가 골라져

사랑도 부딪혀 봐야 누가 센지 안다

사랑의 똥볼
오늘도 힘껏 저 멀리 찬다
부질없어도

살다 보면

인생도 사랑도 종종 배신한다

그러려니 하세요

내 사람 내 사랑을 찾는 일

이런 이런, 매번 헛다리를 짚는구나
여전히 갈 길이 멀다

눈은 결국 녹고 꽃도 결국 지고
사랑도 결국 식을 것을
오늘 나는 인생 전부를 걸고 있구나

사랑을 보았다

14기

운명은 두드리면 열린다
남녀 사이에 그것이 통할까?

겨울눈은 언젠가 녹는다

봄날의 대지는 **그때**를 기다리고

비로소 기지개를 켠다

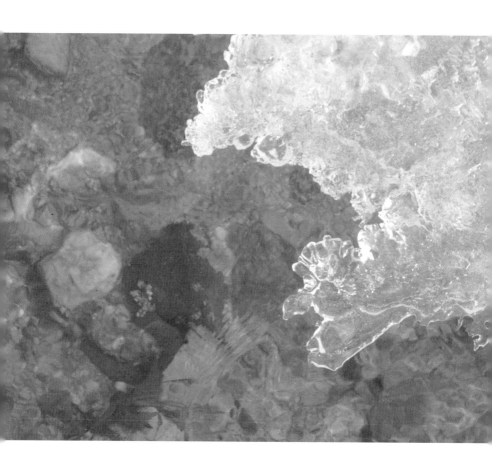

눈은 결국 녹고 꽃도 결국 지고
사랑도 결국 식을 것을
오늘 나는 인생 전부를 걸고 있구나

겨울왕국의 주인은 차가운 눈과 얼음
그러나 사랑을 구하기에는 딱 좋은 밤

기막히고 완벽한 연인에게도
언제나 균열은 있다
그 틈을 비집고 바람이 지나간다

겨울 여자, 겨울 남자

봄을 기다린다

뭘 그리 애태웠는가 싶게
세상은 태연하게 제 갈 길을 가는구나!

누군가 물었다.
사람을 제대로 보는 방법이
무엇일까요?

그 사람이 걸어온 길을 보는 것
그것이 그 사람을 가장 잘 알 수 있다

한가위에 보름달이 없으면 허전하다. 설날 떡국에 고명이 없어도 섭섭하다. *SOLO*는 어쩌면 그런 보름달이고 고명이고 싶은 소망이 있다. 그래서 임금님 밥상이 아닌 어머님 밥상과 같은 프로그램이어야 했다. 먼 훗날에도 생각나고 그립고 언제 봐도 이질감 없이 빠져들 수 있으면 했다.

인생은 결과가 아닌 과정에 진실이 있다. 「나는 SOLO」를 만드는 데도 결과보다는 그 과정을 보여주는 데 집중했다. 사랑을 찾아가는 과정에서 보이는 인간적인 모습이 결국 사랑이고 삶의 본질이다. 그것을 생각하며 쓴 《사랑을 보았다》는 인생과 사랑의 본질에 대한 탐색의 결과물이다. 언제 어디서든지 독서와 사색의 공간으로 작동했으면 하고 만들었다. 「나는 SOLO」에서 스쳐 간 글들을 잡아 가두고 부채질하듯 이리저리 생각해 보며 빈 여백에 당신의 인생과 사랑 이야기를 고백해 보았으면 한다.

*SOLO*는 인간의 사랑과 그 탄생의 순간을 가장 정직하고 사실적으로 보고자 만든 프로그램이다. 그 목적과 방향만 정하고 뚜벅뚜벅 걸어왔다. 만 2년을 걷다 보니 이제 겨우 100보를 왔다. 지치지 않고 힘을 내서 천 보 만 보 걷다 보면 한국인의 위대한 사랑 이야기는 인류사의 한 페이지를 장식할 것도 같다. 그날이 오기를 꿈꾸며 「나는 SOLO」를 풀어보는 글은 계속 쓰려고 한다. 인류의 샤랑은 계속되니까.

남규홍

고려대학교 법학과 졸업. ㈜ 촌장엔터테인먼트 대표이사. 전 서울방송(SBS) 교양국 PD로 「한밤의 TV연예」, 「백만불 미스터리」, 「생방송 세븐데이즈」, 「그것이 알고 싶다」, 「SBS스페셜」 등 다양한 프로그램을 연출했다. 2009년 「인터뷰게임」으로 제21회 한국PD대상 실험정신상 수상, 2010신년특집 SBS스페셜 '나는 한국인이다' 시리즈 4부작 「출세만세」로 한국PD연합회 '이달의 PD상'을 수상했다. 2011신년특집 SBS스페셜 '나는 한국인이다' 시리즈 3부작 「짝」이 정규 런칭되어 많은 인기를 얻으면서 리얼리티 프로그램의 새로운 장을 열었다. 현재 「나는 SOLO」, 「나는 SOLO, 그후 사랑은 계속된다」, 「효자촌」을 기획, 정규 방송하고 있다. 저서로는 《TV 방송기획, 생각대로 된다》, 《출세만세》, 《나도 짝을 찾고 싶다》, 《짝-당신의 짝은 지금 행복합니까?》, 《사랑을 보았다-나는 SOLO 에세이》가 있다.

나는 SOLO 에세이
사랑을 보았다

초판 1쇄 인쇄 2023년 8월 10일
초판 1쇄 발행 2023년 8월 25일

글 · 사진 남규홍
펴낸이 남규홍
펴낸곳 도서출판 서촌

출판등록 2021년 3월 8일 제 2021-000023호
주 소 서울시 양천구 목동동로 233 한국방송회관 12층
대표전화 · 팩스 02-2646-2404
이메일 chonjangent@naver.com

ISBN 979-11-974818-2-6 03810
저작권자 ⓒ 남규홍, 2023